U0152359

一本正經學古文

圖：馬仔
文：蒲葦

由淺入深，親近中文學習

蒲葦

《一本正經學古文》是我和馬仔繼《一本正經學成語》及《一本正經學歷史成語》的第三本書，我們有信心「一本正經」系列可以幫助大家趣學中文，通過輕鬆的閱讀提升中文的功力。

《一本正經學古文》有以下各項優點，有助大家掌握中文學習的關鍵：

一、所選古文金句皆為常見、有用者，既幫助大家「拋書包」，亦有助快速學習古聖先賢的智慧。

二、句子中標示的古文重點字詞，兼附詞性解釋，既便於掌握古文規律，亦有助應付古文考試的字詞解釋部份。

三、以故事或詳解的形式，將相對抽象的古文變得更具體和更有趣味。

四、利用人物對話、角色扮演的「造句」，讓古文步入現代生活，讓大家活學活用，亦讓這本書更輕鬆和更有幽默感，希望讀者會心微笑，反覆咀嚼。

五、馬仔的漫畫與創意演繹，讓中文課堂變得更有生氣和朝氣，正在旁邊一本正經加以解釋的蒲葦因此變青春了。

「一本正經」系列，已從成語成長為金句，看成語的同

學也要升上中學了？就讓這本書幫助同學銜接中學的中文課程，不論寫作或閱讀，都能有所提升，既見於分數，也見於待人接物。

有時候，一句簡短的古文金句，更勝千言萬語。為甚麼總是想不起？一定是因為沒時間閱讀和沒耐性背誦了！不要緊，讓中文老師為你精選重點字句，讓滿有創意的馬仔給你豐富的啟發，讓深具文化氣息與品德情意的處世智慧，為你上幾節精彩的中文課。

目錄

良禽擇木而棲

出處：羅貫中《三國演義》。原文「良禽擇木而棲，賢臣擇主而事。見機不早，悔之晚矣。」

過來吧！

東漢末年，天下動盪，群雄並起。不同的人才，各為其主，為了增強實力，也會互相挖角。李肅當時効力董卓，呂布則為丁原效力，丁原雖怒斥董卓專權，但勢力有所不及。呂布初崛起，李肅為了吸引他投靠董卓，除加以奉承之外，又替他分析形勢，說「良禽擇木而棲，賢臣擇主而事」，若呂布不順勢而行，便坐失良機。結果成功說服呂布投靠董卓。至於最後下場，則屬後話。

你看，好的鳥都會選擇良好的樹木棲身。

古文解釋：優質、美好的鳥類，都會選擇良好的樹木築巢棲身。此句比喻有才能的人，有機會的時候應該要選擇賢明的上司，否則後悔已遲。

重點字詞：棲，動詞，停留、居住、棲息；偶作名詞，指停留、歇宿的地方。

現代版

我出去跟公公飲茶。

我們又去。

爸爸你去哪兒？

我去食🍔。

吓！

正所謂良禽擇木而棲。

你們不是跟我的嗎？

我們決定跟爸爸出去!

小一面試，弟弟未能進入第二回，非常失望，媽媽安慰他說：「良禽擇木而棲，不要失望，一定有另一間更好的學校在等待我們。」

人為刀俎，我為魚肉

出處：司馬遷《史記》。原文「樊噲（音快）曰：『大行不顧細謹，大禮不辭小讓。如今人方為刀俎（音左），我為魚肉，何辭為！』」

秦朝末年，劉邦和項羽爭奪天下。項羽擺下鴻門宴，要挫一挫搶先進城的劉邦銳氣。劉邦不敢不赴宴，項羽手下多次設局，希望除掉劉邦，怎料項羽遲遲下不了決心。眼看形勢不妙，劉邦假借要上廁所，實與謀士張良、樊噲在外商量向項羽辭行的方式，樊噲覺得形勢危急，多此一舉，便說了以上一番話。最後他們不辭而逃，避過了一場災難。

古文解釋：比喻受制於人，被逼任人擺佈。樊噲對劉邦說：「做大事不要拘泥小節，重大禮何須介懷小的謙讓。現在人家做了刀案，我們是魚肉，何必還要告甚麼辭呢！」

重點字詞：俎，名詞，古代用以割肉的砧板；或祭祀所用的器皿。

爸爸工作很辛苦，晚上回家常說：「人為刀俎，我為魚肉，明晚又要加班了。」我聽到後很難過，立即為爸爸按摩肩膀。

司馬昭之心，路人皆知

出處：陳壽《三國志》。原文「司馬昭之心，路人所知也。吾不能坐受廢辱，今日當與卿自出討之。」

不如讓個位給我？

三國時代，司馬懿極具謀略，魏明帝時把持朝政。他有兩個兒子，即司馬師與司馬昭。司馬昭很有野心，當了大將軍還不滿足，想威逼魏帝曹髦（音毛）讓位給他。曹髦心有不甘，召大臣們說：「司馬昭之心，路人皆知，我不能再忍下去了，你們和我一起討伐他吧！」大臣們紛紛勸曹髦多加忍耐。曹髦不聽，率領幾百個侍衛去殺司馬昭，結果失敗，曹髦被殺，司馬昭更加獨攬大權了。

古文解釋：比喻某人的野心人所共知，想掩飾也掩飾不了。

重點字詞：之，一字多義，此作介詞，即「的」。
皆，副詞，即「俱」、「全」、「都」之意。

造句

自從在同學家玩過遊戲機後，弟弟便常常說很掛念那位同學，怎料媽媽一語道破：「司馬昭之心，路人皆知，你是掛念同學那部遊戲機吧！」

前事不忘，後事之師

出處：《戰國策》。原文「前事之不忘，後事之師」。

春秋戰國時代，智伯、趙、韓、魏四家瓜分了晉國政權。趙在勢力上本處於劣勢，但藉着謀士張孟談的計策，破了最大勢力的智伯。趙襄子欲重賞張孟談，不料張卻要求辭官歸隱……

趙襄子只好答應他的要求，後來張孟談回到家鄉耕田種地，後世亦稱讚他是個賢人。

古文解釋：記取過去的經驗教訓，作為日後行事的借鑒。
重點字詞：師，名詞，借鑒、榜樣。

現代版

幫我去買點東西。

不去。

我要椰菜花不是西蘭花呀！

每次買完你都說買錯，然後被你罵一頓。

前事不忘，後事之師。你還是自己去買吧！

哼！

今天媽媽考車牌，沒考上，家裏的氣氛很沉重。爸爸安慰她說：「前事不忘，後事之師，有了這次經驗，下次一定會成功。」

苛政猛於虎

出處：《禮記》。原文「小子識之，苛政猛於虎也。」

有一天，孔子路經泰山旁邊，看見一個婦人穿着孝服，在墓前哭得很傷心。孔子停下車，囑學生子路去問婦人原委。

孔子很是感嘆，忙對學生說：「你們要緊記此事，苛刻暴虐的政治比老虎還要兇猛呢！」

古文解釋：比喻殘酷的政令比兇猛的老虎還要可怕。

重點字詞：於，介詞，置於形容詞之後，表示比較。
苛，形容詞，苛刻、刻薄。

現代版

不可以在沙發上吃零食。

不可以伏在地上玩。

不可以躺着看電話。

苛政猛於虎！

吼～～～

媽媽要求姊姊整理房間，定下十大規條，每條都有罰則，姊姊不滿地說：「苛政猛於虎。」

四體不勤，五穀不分

出處：《論語》。原文「四體不勤，五穀不分，孰為夫子？」

春秋時代，孔子要往楚國，途中與學生子路失散了。子路到處找老師，遇到一個老人家。

你問的是孔子嗎？一個四
肢不勞動，五穀都不分的
人，怎能做老師呢？

第二天，子路找到了孔子，告以此事，孔子說：「從那位老人家的言行看，他一定是個隱士，你回去請他出來做官吧，天下多一些這樣的人，是有好處的。」子路又回去找老人家，卻已經找不到了。

古文解釋：用以形容讀書人埋首書堆，四肢不運動，且缺乏實用的生活知識。

重點字詞：四體，即四肢。
五穀，指五種穀物，後泛指糧食。

現代版

一家人假期到戶外郊遊。

玩足大半天，媽媽還是沒有動過。
我還未休息夠。
四體不勤，五穀不分。

教中文科的蒲老師常常告誡我們，要兼重德、智、體、群、美，切勿做一個四體不勤，五穀不分的書呆子。

不足為外人道也

出處：陶淵明《桃花源記》。原文「停數日，辭去。此中人語云：『不足為外人道也。』」

據《桃花源記》載，有個漁人發現一處桃花林，並有良田、美池，景色優美，令人着迷。人事方面，桃花林民風純樸，自給自足，安居樂業，待客熱情。主人捧出美酒佳餚，親切地接待了漁人。桃花林的人，遠離外頭紛亂的時勢，已經好幾代了。

漁人住了幾天，欲向主人告辭。

這裏的事，不值得向外人提及。

好。

古文解釋：意思是不值得向外面的人說。現在則多用於要求別人不要把有關的事告知他人。

重點字詞：足，副詞，值得。
道，動詞，即「說」。
也，語氣助詞，表示感嘆。

現代版

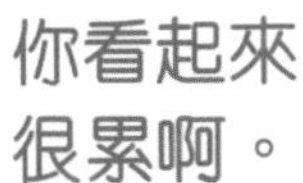

你看起來很累啊。

對，很累。

照顧小朋友的辛苦，真是不足為外人道。
對。

她每晚只看劇而不睡覺自然累，這些又是不足為外人道。

造句

我和弟弟每個月都要交學費，每次提及此事，爸爸都像眼有淚光，嘆息地說：「不足為外人道也！」

師者，所以傳道、受業、解惑也

出處：韓愈《師說》。原文「古之學者必有師。師者，所以傳道、受業、解惑也。」

韓愈是唐代著名文學家，為唐宋八大家之一。韓愈針對當時「恥學於師」的不良風氣，作《師說》改變時弊。

古代求學的人一定要有老師。
有「道」的地方就有「老師」，老師亦一定要盡責，責任就是傳道、授業、解惑。
師說

傳道，指傳承儒家道統，現今引申為傳授道理、價值觀。受業，即傳授學業，原指儒家經典，今引申為書本及生活的知識。解惑，指解答學生在道理與學業兩方面的疑惑。

古文解釋：老師是傳承道統、教授學業、解答疑難的人。

重點字詞：受，通「授」，動詞，教授。
惑，名詞，疑惑。

老師真的很對不起，是我監管不力......

不要緊，你們努力，有不明白的地方可以問我，因為師者，所以傳道、受業、解惑也......

但也不要太久.....

太好了，那我先去編另一本書......
那我可以先去逛一逛街才再畫......

弟弟快將升讀小一了，爸爸提醒他要尊師重道，說：「老師很偉大，師者，所以傳道、受業、解惑也。」弟弟似懂非懂，回說：「爸爸，我是師弟，不是師姐。」

先天下之憂而憂，後天下之樂而樂

出處：范仲淹《岳陽樓記》。原文「先天下之憂而憂，後天下之樂而樂歟！噫，微斯人，吾誰與歸？」

《岳陽樓記》寫於慶曆六年（公元 1046 年）。岳陽樓要重修，時巴陵郡太守滕子京是范仲淹的好朋友，邀其作記，乃成一篇不朽名作。范仲淹沒有去過岳陽樓，只憑畫作和想像就將場景描寫發揮得淋漓盡致，令人佩服。范與滕同為被貶人士，但范仍以廣闊胸襟鼓勵和安慰好友，一是說「不以物喜，不以己悲」，即要有堅定的意志，不會因為外在環境的變化而動搖。二是「先天下之憂而憂，後天下之樂而樂」，時刻心懷天下，堅持理想。

古文解釋：在天下人還沒有憂慮的時候就先憂慮；在天下人快樂之後才感到快樂。表示吃苦在先，享受在後。作者以此鼓勵好友，亦用以自勵，可說是非常高尚的情操。

重點字詞：憂，憂慮。第一個「憂」是名詞，第二個「憂」是動詞。

現代版

先天下之憂而憂的父母……

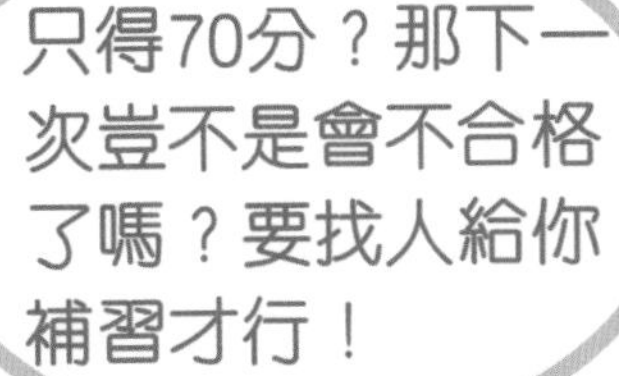

只得70分？那下一次豈不是會不合格了嗎？要找人給你補習才行！

下次還未考又怎知會不合格？

後天下之樂而樂的父母……

終於睡了，現在就是我的Happy Hour了！

今天爸爸愁眉深鎖，媽媽問他原因，他說：「我一向先天下之憂而憂，後天下之樂而樂。」媽媽回說：「微斯人（沒有此人），吾誰與歸（我又能找甚麼人作依歸呢）！」然後，我不知道他們為甚麼笑作一團。

禮義廉恥，國之四維

出處：《管子．牧民》。原文「何謂四維？一曰禮，二曰義，三曰廉，四曰恥。

禮，指的是規規矩矩的態度；義，即「宜」，指的是正正當當的行為；廉，即「明」，指的是清清白白的操守；恥，「知」也，有羞惡之心，指的是切切實實的覺悟。四者互相連貫，相輔相成。恥是行為之動機，廉是行為之嚮導，義是行為之實踐，禮是行為之表現。其後有「四維不張，國乃滅亡」之說，可見治理國家，必須弘揚這四大綱要。

古文解釋：禮義廉恥是四種道德規範，是治國的四大綱領。

重點字詞：維，名詞，法度、綱要。

我們做人要有禮義廉恥……

那偷看小朋友的ipad是無恥嗎？

唔？

現在的小朋友真是難對付！

是無禮！

那查看小朋友的書包呢？

媽媽今天在街上偶遇三十年前的小學同學，幾乎抱頭痛哭。「我還記得小學的校訓，禮義廉恥，國之四維。我是一個很長情的人呢！」媽媽一臉自豪地說。

棄捐勿復道，努力加餐飯

出處：佚（音日，散失）名《古詩十九首 · 行行重行行》。原句「思君令人老，歲月忽已晚。棄捐勿復道，努力加餐飯。」

古詩《行行重行行》寫妻子對遠行丈夫的思念。全詩以「君」作為傾訴對象，丈夫遠在萬里之外，與自己的距離越來越遠，也不知何年何日才能重聚。她想到丈夫正面對日益險阻的前路，歸期難料，思念除了令人蒼老之外，還令人消瘦（衣帶日已緩）。思念漫長，但歲月匆匆，最後妻子自我排解，不要再嘮叨下去了，但願「君」保重身體，努力加餐。另有一說，是妻子自勉要努力加餐，好保持健康，等待丈夫歸來，亦可。

古文解釋：想念您會令人蒼老，歲月匆匆，還是拋開一切吧，不要再說，但願您保重身體，努力加餐。

重點字詞：棄捐，棄置、拋開。
勿復道，不要再說。

你後天要到外地出差，要小心點，帶多些衣服……

你不用擔心，棄捐勿復道，努力加餐飯。

那可以加多少餐？可以是日本餐或意大利餐嗎？

姊姊跟學校進了三天兩晚的「成長營」，晚上打電話向爸爸報平安，盡說日間的活動如何精彩，不料爸爸憂心地說：「棄捐勿復道，努力加餐飯，你第一次離家，爸爸還真的不放心呢！」

海內存知己，天涯若比鄰

出處：王勃《送杜少府之任蜀州》。原句「與君離別意，同是宦遊人。海內存知己，天涯若比（音備）鄰。」

唐高宗時代，王勃有一位姓杜的友人要往蜀中為官，想到彼此的友誼，王勃乃以此詩相贈。

王與杜皆為客遊在外之人（同是宦遊人），更明白遠行的感懷。離別一般離不開感傷主調，但王勃代之以豪邁，令人印象深刻。一千三百年前的長安，沒有互聯網，王勃仍可運用豐富的想像力，營造時空對比，只要心意相通，即使分隔天涯，知己仍像就在身旁，真是浪漫動人。

古文解釋：空間的距離不會阻隔友誼。只要世上仍有心意相通的知己，即使分隔天涯，仍像比鄰而居。

重點字詞：海內，指四海之內，即天下。
若，像。
比，動詞，緊靠。

現代版

再見啦！

保重啦！

有朋友移民到外國……

我們這邊開始熱了。

我們這邊快要下雪……

現在的科技，令天涯若比鄰……

今日買的菜很貴啊！

這麼貴只有那麼少啊！

爸爸的好友要長期離開香港，爸爸想送他一份特別的禮物，於是請蒲老師揮筆疾書「海內存知己，天涯若比鄰」十個大字，用以紀念彼此深厚的情誼。

但願人長久，千里共嬋娟

出處：蘇東坡《水調歌頭．明月幾時有》。原句「人有悲歡離合，月有陰晴圓缺，此事古難全。但願人長久，千里共嬋娟。」

蘇東坡此詞作於宋神宗熙寧九年（1076）的中秋節，當時他出任密州太守。佳節當前，明月當空，他想起了已經六年沒見過面的弟弟蘇轍，不由悲從中來。詞人以「人有悲歡離合，月有陰晴圓缺，此事古難全」得以自適，風格亦轉為曠達超脫。畢竟人與人之間的悲歡離合正像月的圓缺陰晴，千百年來皆如此。原本讓人感到悲傷的情感，最終得以轉為祝福，「但願人長久，千里共嬋娟」，詞人在此向所有人的親友，特別是弟弟蘇轍寄予真摯的祝福，希望彼此身體健康，並能共同欣賞這美好的月色。

古文解釋：但願世上所有人的親人都能平安健康，即使相隔千里，也能共享這美好的月光。

重點字詞：嬋娟，本指嫦娥，月宮的仙女，這裏借指美好的月光。

現代版

小明今天說他要移民，不再回校上學了。

我也有朋友下個月移民到外國。

但願人長久，千里共嬋娟。希望到了外國生活的朋友們都一切安好。

中秋節快到了，爸爸突然詩興大發，自製一張金句書籤送給媽媽，上面寫着「但願人長久，千里共嬋娟」。媽媽說：「您可以同時送我一本字典嗎？」

小不忍則亂大謀

出處：《論語》。原文「巧言亂德，小不忍則亂大謀。」

此句是孔子說的話，談個人的修養。巧言指花言巧語，聽的人很容易誤信其中的恭維或空言，以致中了圈套還不自知，亂了道德。據南懷瑾《論語別裁》解釋，「小不忍則亂大謀」，有兩個意義，一是待人的時候，要忍耐，凡事要包容，如果一點小事也不能容忍，脾氣一來，便壞了大事。二是做事要有忍勁，要決斷，碰到一件事情，一下子就要決斷，然後是堅忍下來，才能成事。

古文解釋：於小節上不能忍耐，就容易壞了全盤大計。此句體現了儒家思想中的忍耐精神。

重點字詞：忍，動詞，忍耐。
謀，名詞，計策。

現代版

等一下帶你去公園？

NO!

給你糖食？

NO!

完成後給你買一個玩具？

OK!

準備好入去面試了嗎？

記得買玩具？

OK!

好。

小不忍則亂大謀，我忍你!

媽媽喜歡儲存超級市場的印花，好不容易才貼滿一頁，怎料其中的三張不獲承認，媽媽頓時怒不可遏，正想大聲投訴之際，姊姊立即上前解圍，說：「小不忍則亂大謀，媽媽，您這三張印花，是另一間超市的。」

心有靈犀一點通

出處：李商隱《無題》。原句「身無彩鳳雙飛翼，心有靈犀一點通」。

李商隱的《無題》是一首情詩。「身無彩鳳雙飛翼」，寫思念之切，恨不得身上有彩鳳之翼，可以立即飛到思念的人的身旁。當然現實未能實現，只好想像彼此心有靈犀，兩心相通相印。「心有靈犀一點通」比喻二人相知極深。詩人含蓄委婉，認為只要兩心互通，即使有所阻隔，仍可默默交流。

古文解釋：有說犀牛是一種異獸，犀牛角中有如線的白紋相通兩端，可以產生靈異感應。全句比喻心靈相通，意念相合。

重點字詞：靈犀，犀牛角。
通，相通、相合。

媽媽小時候是很勤力讀書的。

爸爸呢？

爸爸？

腦電波發送

聽到了？所以你也要勤力讀書啊！

明明小時候……

我……小時候也是……很努力讀書的……

快要轉掛更高風球了，爸爸媽媽分別往幼稚園接弟弟回家，他們不謀而合地在校門相遇，爸爸打趣說：「真是心有靈犀一點通。」

君子愛財，取之有道

出處：《論語》。原文「富與貴，是人之所欲也，不以其道得之，不處也。」

「君子愛財，取之有道」，一直是儒家希望商人持守的原則。很多商人從正道賺得錢財，既滿足自己的需要，又能回報社會。孔子認為，富有和尊貴並非罪惡，反而是人人都想得到的，但若不用正當的方法去求取，得之無益。同理，貧窮與低賤，是人人都厭惡的，但若不用正當的方法去擺脫，就寧可安於窮困。用不正當的手段得來的財富，孔子說，就像是浮雲一樣。只有取之有道的財富，才能令人心安。

古文解釋：原文乃孔子所說，今以其義引申。每個人都嚮往金錢和地位，君子也不例外，但如果不是用合法、合「道」的方式得來，就寧可不接受。

重點字詞：君子，具德行的人。
之，代詞，指錢財。
道，名詞，道義。

現代版

爸爸給家用。

子女給家用。
不用給我了，你們自己留起好好用吧。

君子愛財，取之有道。他們上班要用錢，就留給他們用吧！
為甚麼你只拿我的錢？

造句

這是中六最後的一節中文課，蒲老師叫同學暫時拿開試卷，聽他說幾句話。「各位同學，你們要離開中學了，我只有八個字相送：君子愛財，取之有道。若有幸發財，勿忘回報社會，這是我對各位的期許。」

是可忍，孰不可忍？

出處：《論語》。原文「八佾（音日）舞於庭，是可忍，孰不可忍也？」

孔子認為魯國大夫季氏破壞周禮，故嚴辭斥責他。

按周禮規定，只有周天子才可以用上八佾舞，諸侯只可以用六佾、卿大夫為四佾、士則用二佾。佾指的是行列，跳舞的人排列成方陣，一佾八人，八佾即六十四人。季氏用了八佾舞，就是僭越，破壞了禮制。季氏只是正卿，按禮只能用四佾，如今是想自比天子了。孔子最重視的是「仁」與「禮」，當他知道季氏的行為後，自然非常憤怒。

按周禮規定，只有周天子才可以用上八佾舞，諸侯只可以用六佾、卿大夫為四佾、士則用二佾。
如今是想自比天子了！

古文解釋：如果這樣都可以忍受，那還有甚麼事是無法容忍的？表示說此話的人已忍無可忍。

重點字詞：是，代詞，即「這」。
孰，甚麼。

現代版

忍住。

SALE 20%

30% OFF

忍。

嘩！

這麼便宜！真的是可忍，孰不可忍啊！

她常常都不可忍呢......

SALE 60% OFF

爸爸與弟弟用電視玩了三小時遊戲機，竟然還想多看兩場英超球賽，媽媽再也忍不住了，怒說：「是可忍，孰不可忍也？快轉去劇集台。」

燕雀安知鴻鵠之志

出處：司馬遷《史記》。原文「嗟乎，燕雀安知鴻鵠（音酷）之志哉！」

《史記》載，秦朝陽城有一個人叫陳涉（陳勝），年輕時跟別人一起受僱於富人，每天耕田種地。有一天，他對秦朝迫害老百姓的社會現實非常不滿，便下定決心，要改變眼前的社會狀況。他對同伴說：「假如我們有誰日後富貴了，可不要忘記對方啊！」

後來，陳涉與吳廣起兵反秦，成功推翻了秦朝。

古文解釋：比喻平凡庸俗的人，又怎會明白英雄人物的遠大志向呢？燕雀，比喻志向短淺的人；鴻鵠，比喻志向遠大的人。

重點字詞：安，疑問副詞，即「怎麼」。
志，名詞，志向。

現代版

我們一起去跑步強身健體吧！

我只想睡多一會……

跑快點!

下次我們還是跑100米便夠了。

鴻鵠

燕雀

下次我們要挑戰馬拉松比賽！

媽媽希望姊姊在班際徵文比賽奪得優異獎，姊姊不悅地說：「燕雀安知鴻鵠之志！我已報了全港徵文比賽了。」

欲速則不達

出處：《論語》。原文「欲速則不達，見小利則大事不成。」

子夏是孔子的學生，文學出眾，曾經擔任魯邑莒（音舉）父的長官。當官前，他找一天往問孔子應如何治理政事。

只求速成，難免馬虎隨便，甚至可能因而出錯。要做好一件事，在求快之時亦宜兼顧各種條件的配合，這樣就離成功不遠了。孔子死後，子夏繼續到處講學授徒，承傳老師薪火。

不要貪快，也不要貪小便宜。操之過急，反而達不到目的；貪小便宜，則辦不成大事。

古文解釋： 處理事情，如果過於心急求成，反而不能達到目的。與成語「揠苗助長」同義。

重點字詞： 欲，動詞，想。
達，動詞，實現、完成。

現代版

這個字怎麼讀？

Pretty

不知道。

快唸熟，下個月便是小學面試了！

crocodile
teacher
father
beautif

欲速則不達的訓練……

father
teacher

不讀！

怎麼辦？

媽媽為弟弟報讀了圍棋班、珠心算班、鋼琴班、游泳班、繪畫班、學懂放鬆班，爺爺看不過眼，語重心長地勸說：「欲速則不達，這樣反而不利於弟弟的成長，還是順其興趣，報讀其中兩個班吧。」

學而不思則罔，思而不學則殆

出處：《論語》。原句「子曰：學而不思則罔，思而不學則殆。」「子曰：溫故而知新，可以為師矣。」

孔子教導我們，學習與思考必須並重。學習重要，但一味拚命地學，貪多務得，人家說那個好就學那個，結果越學越忙碌，越忙碌則越迷惘。

另一方面，「思而不學則殆」，有些人自恃聰明，只喜歡發問和思考，卻不踏踏實實地深入學習，這很容易流於空想，變得懶怠。

近人楊樹達註：「溫故而不能知新者，學而不思也，不溫故而欲知新者，思而不學也。」可見溫故與知新同樣重要，不宜偏於一端。

古文解釋：只重學習，忽視思考，很容易會遭受蒙蔽而陷於迷惘；只重思考，忽視學習，很容易會因空想而變得懶怠。

重點字詞：罔，通「惘」，形容詞，迷惘。
殆，通「怠」，形容詞，懶惰；如解作「危險」，亦通。

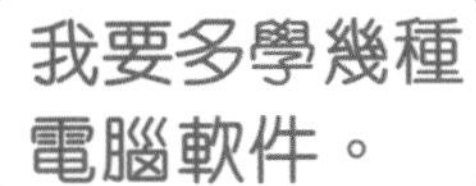

他不停學不同軟件……學來作甚麼用途……

我有十萬個意念可以畫無限本書……

全都是空想，都沒有見過她認真做。

爸爸常說他的會考成績差不多等同狀元，我問他學習心得，他立即一本正經地說：「學而不思則罔，思而不學則殆，為學一定要學思並重。」我開始相信他是「狀元」了。

鍥而不舍，金石可鏤

出處：荀子《勸學》。原句「鍥（音揭）而舍之，朽木不折；鍥而不舍，金石可鏤（音漏）」。

荀子《勸學》認為學習要靠累積，貴在持之以恆。比方說，良馬跳躍一次，跳不過十步之遙；劣馬苦苦拉車走十天，也能走得很遠，可見成功在於不放棄，不在於資質。

同理，拿一把刀去刻東西，若中途停止，即使枯朽的木頭也不易刻得斷；如果能不停地刻下去，假以時日，金石也能雕出紋飾。

古文解釋：只要不放棄，持續不斷地用刀刻，即使多堅硬的金屬也可以雕出花飾。荀子以此句說明恆心、毅力的重要，只要堅持不懈，再難的事情也可以做到。

重點字詞：鍥，動詞，即「刻」，用木謂之刻。
舍，通「捨」，動詞，捨棄。
鏤，動詞，雕刻。

現代版

老師，她只欠一分就滿分了。

老師，她的答案其實也對的。

老師你聽我說，她的答案其實也合理……

多得我鍥而不舍的找老師求回一分！

今天老師給回我一分，這次測驗我滿分了！

蒲葦不明白馬仔為甚麼能有這麼多作品，便虛心向她求教。馬仔說：「我沒有甚麼特別的方法，我只相信鍥而不捨，金石可鏤。」說罷，馬仔隨即低頭創作。

一樹百穫者，人也

出處：《管子》。原文「一樹十穫者，木也；一樹百穫者，人也。」

我們常說的「十年樹木，百年樹人」來自《管子》。

假如要為一年做打算，最好栽種穀物；要為十年做打算，最好栽種樹木；要更長遠做打算，則一定要栽培人才。穀物嘛，栽植一次可收穫一次；樹木嘛，栽種一次可以收穫十次；至於栽培人才，栽培一個，就可以收穫百次，回報以百倍計。作者運用的是類比手法。

古文解釋：培養一個人才，可以得百倍的回報。比喻培養人才的重要性。

重點字詞：樹，動詞，栽種。
穫，名詞，收穫。

每個月的各樣興趣班和訓練班都要用很多錢……
MATHS
中文

但培養她成為人才，是很值得的。正所謂**一樹百穫者，人也**。

百鑊？
是不是培養她成才後，她會回饋我百隻鑊？

爸爸常常強調，再辛苦也不節省我們的教育開支，他說：「教育是長遠之計，一樹百穫者，人也。希望你們能明白爸爸的苦心。」

由儉入奢易，由奢入儉難

出處：司馬光《訓儉示康》。原文「顧人之常情，由儉入奢易，由奢返儉難。」

司馬光雖居高位，但在生活上卻非常節儉。他以家書的形式，寫了上述文章，告誡兒子司馬康，要認識節儉，不要過奢侈的生活。司馬光在文章引用張文節的話，說張文節位居宰相，旁人勸他，既然收入那麼多，生活就不必過得像以前那般清苦吧，張文節回說：「以我現在的收入，要全家錦衣玉食是可以的，但根據人之常情，由儉入奢易，由奢入儉難，一旦習慣了奢侈的生活，有些甚麼變化，要一下子回到儉樸的生活，肯定難以適應。」

司馬光承此忠告，言傳身教，自己亦以身作則。

古文解釋：過生活，要從節儉變成奢侈（音車此）很容易，但是從奢侈變回節儉卻很難了。說明節儉是美德。

重點字詞：儉，形容詞，節儉。
奢，形容詞，奢侈。

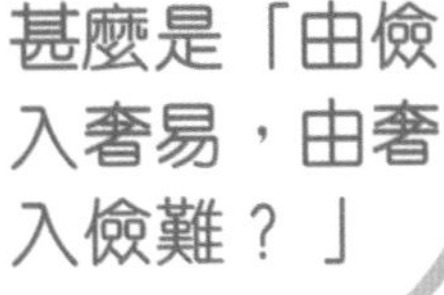

就是有一天突然帶你去
食自助餐，那天就是
「由儉入奢」……

然後第二天告訴你，昨天吃得太貴，
今天要吃得便宜一點，只有青菜，就
是「由奢入儉」，你覺得是不是很
難？
真的很難……

爺爺常常要爸爸提醒媽媽，每個月家中的花費不能超過五千元，說「由儉入奢易，由奢入儉難」，媽媽聽到這話後，臉色一沉，眼睛彷彿有淚光。

失之東隅，收之桑榆

出處：《後漢書》。原文「始雖垂翅回谿，終能奮翼黽池，可謂失之東隅（音如），收之桑榆（音如）。」

公元 25 年，漢光武帝劉秀建立東漢。馮異獲封為征西大將軍，奉命往討伐佔據關中地區的赤眉軍，首戰因為隨從沒照馮異的指示，大敗而回。馮異立即見機行事，另外在黽池埋下伏兵，殺得赤眉軍落荒而逃，大獲全勝。後來消息傳至京城，劉秀立即發信表揚馮異，說：「開始時你們像鬥敗了的鳥兒，垂着翅膀回谿坂，但後來又得以在黽池振翼高飛，實在難能可貴！」

古文解釋：先在某一方面有所損失，但終在另一方面得回成就。東隅，指東邊日出之處，即早上。桑榆，日落所照之處，即日暮、晚上。

重點字詞：隅，名詞，角落、邊。桑榆，名詞，指桑樹與榆樹。因日落時光照桑榆樹端，故借指日暮。另亦有借日暮比喻晚年，皆可。

姊姊在大考的中文科失了手，媽媽正想責罵她之際，她立即振臂疾呼：「失之東隅，收之桑榆，我一定會在下星期的數學科取回我失去的分數！」

不患寡而患不均

出處：《論語》。原文「有國有家者，不患寡而患不均，不患貧而患不安。」

冉（音染）有、季路是孔子的兩個學生，他們想要為季氏攻打顓臾（音專如），因為顓臾將對季氏造成威脅，孔子不同意，反駁他們說：「我聽說有國有家的人，不是怕錢少而是怕分配不均，不是怕貧窮而是怕不安定。因為平均了就沒有貧窮，和睦就感覺不到人少，安定了就沒有危險。現在你們二人協助季氏，反而想使用武力，那麼我恐怕季氏擔憂的，應該是內部的問題了！」

古文解釋：不擔憂數目寡少，只擔憂分配不能均等。

重點字詞：患，動詞，擔憂。
寡，形容詞，少。

現代版

我今晚要跟你睡。

我也要跟媽媽睡！

不要吵！

我要媽媽！

我要媽媽！

放心，媽媽雖然只得一個，但都會平均分給你們，不要爭！

媽媽的左腳是我抱的！

右手是我的！

媽媽拿出一百元零用錢，打算給姊姊六十元，給弟弟四十元。爸爸說：「不患寡而患不均，若不想弟弟哭鬧的話，我看還是每人分五十元吧！」

既生瑜，何生亮

出處：羅貫中《三國演義》。原文「（周瑜）仰天長嘆曰：『既生瑜，何生亮！』」

《三國演義》記載，周瑜年少得志，甚少遇到對手。但從赤壁之戰開始，諸葛亮聯吳抗曹，周瑜得與他多次周旋，表面合作，實則互相角力。周瑜知道諸葛亮聰明過人，自己不是他的對手，將來亦必是東吳的後患，故多次想找機會除去諸葛亮。二人數次交鋒，周瑜皆落下風，甚至被諸葛亮三次戲弄。最後一次，周瑜箭傷復發，臨終之際，徐徐又醒，仰天長嘆：「上天已有我周瑜，為甚麼還要多生出一個諸葛亮呢！」

古文解釋：比喻強中自有強中手，旗鼓相當，互相牽制；亦指人外有人，天外有天。亦是才能比不過對手的嘆息。

重點字詞：既，副詞，已經。
何，副詞，為甚麼、何必。

哥哥學習跆拳道。

弟弟學習空手道。

家裏經常上映的畫面……

兩個都這麼厲害，真是「既生瑜，何生亮」！

造句

爸爸一直強調，能奪得媽媽的芳心，是因為擊敗了強敵。我們問媽媽實情，她感嘆說：「既生瑜，何生亮！不過，看來我是選錯了！」

志不求易，事不避難

出處：《後漢書》。原文「志不求易，事不避難，臣之職也。」

東漢永初年間，虞詡（音如許）得罪了大將軍鄧隲，鄧隲心胸狹窄，一直等機會報復。不久，朝歌一帶有數千人聚眾作亂，縣吏亦被殺害。鄧隲有心為難虞詡，派他到朝歌做縣長。虞詡的親友都替他擔憂，他卻坦然面對，笑道：「有操守的臣子，不求容易達成的志向，遇到難辦的事也不會逃避。就像砍樹，如果沒有遇到盤根錯節的樹木，又怎能顯出斧頭的鋒利呢？這正正是我立功的好時機呢！」虞詡迎難而上，最後亦成功完成任務。

古文解釋：不求輕而易舉的志向，做事也不會一見困難就逃避。形容敢於擔當。

重點字詞：易，形容詞，容易。
避，動詞，逃避。

奧數 class
我想報名讀奧數。

很難明白。
x = (123+12)bla bla bla ...../(1x1+1) = bla bla bla

中文系畢業的媽媽很努力的教導自己兒子奧數……

不枉我這麼辛苦的去學習奧數。
你果然志不求易，事不避難！
奧數冠軍

造句

爸爸工作辛勞，晚上還要進修博士課程，我們都希望他不要太辛苦，但他毅然說：「志不求易，事不避難，我想要做你們的榜樣呢！」

會當凌絕頂

出處：杜甫《望嶽》。原句「會當凌絕頂，一覽眾山小。」

《望嶽》是杜甫寫於唐代開元年間的作品，當時他二十五歲。詩歌氣勢磅礴，展現了青年杜甫積極進取的雄心壯志。詩開始以「岱宗夫如何？齊魯青未了」的開闊視野，描寫了泰山（岱宗）雄偉磅礴的氣象。杜甫遂借景抒情，抒發勇於攀上最高峰，傲視一切的豪情。眼見層層雲氣，不斷上升，人亦為之蕩漾。時已近暮，歸鳥快將回巢，詩人仍不捨離去。並且發願，有朝一日，我亦總要登上最高峰，取得成就。

古文解釋：我一定要登上泰山的最高峰，再俯瞰眾山，就會發現眾山很是渺小，象徵奮發向上，不甘平凡。

重點字詞：會當，該當、當須。
凌，動詞，登上。
絕頂，山之最高處。

現代版

想當年我的書登上榜首，真是會當凌絕頂的日子！

登完絕頂後的日子……

小聲一點，別騷擾我們看電視！

有一天，馬仔和蒲葦在書店發現《一本正經學古文》被放在書架的最高處，蒲葦打趣說：「會當凌絕頂，一覽眾『書』小，希望此書也能佔據銷售榜首。」

窈窕淑女，君子好逑

出處：《詩經・關雎》。原詩「關關雎鳩，在河之洲，窈（音秒）窕淑女，君子好逑（音求）。」

《關雎》是古代著名的情詩，樸素自然。一個男子在河邊遇到一個採摘荇菜的姑娘，這時候，小洲上的雎鳩鳥亦正互相對唱，喚起主人翁對愛情的嚮往。那位姑娘文靜、勤勞、美麗，兼備外在美與內在美，令男子驚為天人，不禁生出愛慕之心。為了追求對方，男子只敢走近一些，卻不敢上前搭訕。到了晚上，求之不得的心情令人輾轉反側，難以入眠。最後，男子成功奪取芳心，找到好伴侶，自然大喜過外。他立即彈琴鼓瑟、擊鼓鳴鐘，以示狂喜，詩歌亦有了美滿的結局。

古文解釋：善良美麗的女子，是君子的好配偶。後表示男子追求佳偶。

重點字詞：窈窕，形容詞，美麗、善良。
逑，名詞，配偶。

姊姊問爸爸當年為甚麼追求媽媽，爸爸一本正經道：「所謂窈窕淑女，君子好逑。」站在一旁的媽媽補充說：「原來你一見我就知道我是淑女，看來還真瞞不到你。」

一沐三握髮，一飯三吐哺

出處：司馬遷《史記》。原文「然我一沐三握髮，一飯三吐哺（音部），起以待士，猶恐失天下之賢人。」

周公姓姬，名旦，是周文王的第四子、周武王的弟弟。周朝建立兩年後，武王病逝，其子尚年幼，周公乃代行權力治理國家。期間，周公勤勤懇懇，渴求天下人才，唯恐失去任何一個賢人。《史記》引用周公的話，說他為了頻頻接待來訪的賢士，洗一次頭髮就得多次先行束起，吃一頓飯更要多次吐出食物。周公禮賢下士，協助周朝開拓盛世，深受後世欣賞，孔子更讚美他是文明的締造者。

古文解釋：洗一次頭時，多次握着尚未梳理好的頭髮；吃一頓飯時，多次吐出口中的食物。具體地呈現周公求賢若渴之心，迫不及待去接待賢士。

重點字詞：沐，動詞，洗髮。
哺，名詞，食物。

朋友的外傭請辭回鄉......

不要擋住我的路～
夫婦要分擔家務......

現在比較缺人啊......
請幫我盡快找一個外傭幫忙！
求才若渴「一飯三吐哺」的客人
外傭中介人

兩個月後新的外傭終於來到......

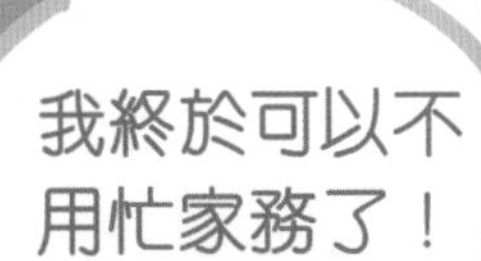
我終於可以不用忙家務了！

造句

中文學會新學年要找人當主席，顧問蒲葦老師求才若渴，簡直到了「一沐三握髮，一飯三吐哺」的程度。幸好最後找到品學兼優的一心，中文學會有希望了。

食其食者，不毀其器

出處：韓嬰《韓詩外傳》。原文「食其食者，不毀其器；蔭其樹者，不折其枝。」

田饒本來輔助魯哀公，有一天，他感到不獲重用，便對哀公說：「我將要像大鳥那樣遠走高飛了。」哀公一時聽不明白，田饒便補充：「我聽說吃人家食物的人，不會毀壞盛載食物的容器；在樹下乘涼的人，不會折斷樹上的枝條。如今您有人才而不用，留下他的說話，又有甚麼意思呢？」不久，田饒離開魯國，前往燕國，獲燕國委任為相。三年之後，燕國大有可為，人民生活安定。魯哀公知道這個消息後，只好嘆息自己不善用人才，但已不知怎樣才能再找到田饒了。

古文解釋：吃了人家食物的人，不會毀壞盛食物的容器；在樹下乘涼的人，不會折斷樹上的枝條。比喻人應要有知恩、感恩之心。

重點字詞：第一個「食」，動詞，吃。第二個「食」，名詞，食物。器，名詞，器皿。

現代版

姊姊奪得不少鋼琴比賽的獎項，但有時心情不好，仍會對鋼琴發脾氣。爸爸教訓她說：「食其食者，不毀其器。你要感謝這部琴為你帶來榮譽啊！」姊姊聽到後很後悔，立即輕撫鋼琴。

女為說己者容

出處：《戰國策》。原文「嗟乎！士為知己者死，女為說（音悅）己者容。」

豫讓是司馬遷《刺客列傳》所述的其中一位。戰國時代，豫讓本是智伯的家臣。後來智伯被殺，豫讓立心為其報仇，有一天，他帶着匕首，裝成一個工人，混進敵人趙襄子家中，可惜事敗被擒。趙襄子說：「既然智伯已死，你又何必這麼執着報仇？如果我放了你，你會不會放棄殺掉我的念頭？」豫讓說：「我不會為你的恩情放棄大義的。智伯是真正賞識我的人，志士為了解自己的人而犧牲，正如女子為自己心儀的人而打扮，這是我一定要替智伯復仇的原因。」趙襄子放了豫讓，但豫讓又再找機會想要殺掉他，可惜再次失敗。

你又何必這麼執着報仇?
正如女子為自己心儀的人而打扮，這是我一定要替智伯復仇的原因。

古文解釋：女子會為自己心儀的人裝扮容貌。

重點字詞：說，動詞，通「悅」，喜歡。
容，動詞，裝扮、修飾。

現代版

為甚麼要化妝呢？

好靚……

女為悅己者容嘛！

外出後……

嘩～

你現在是女為悅己者「溶」啊！

爸爸不明白為甚麼媽媽總愛買衣服和化妝品，媽媽解釋說：「你有所不知了，所謂女為悅己者容，我買這麼多東西，都是為了報答你的欣賞！」爸爸聽後，默然無語。

勿以善小而不為

出處：《三國志》。原文「勿以惡小而為之，勿以善小而不為。」

三國時代，蜀主劉備臨終前，特意在給其子劉禪的遺詔中，勸勉他進德修業。所謂積少成多，積小成大，做好事亦理應如此。另一方面，亦不要輕易做壞事，不能因為那只是一件不好的小事就去做。

善雖小，積多了就能成為利於天下的大善行；惡雖小，但累積多了亦足以引起大的壞事。

劉備的出發點，是勸勉劉禪要抑惡揚善，不要輕視小事情。倘他能以身作則，其他人就有榜樣可依從。

古文解釋：不要因為那只是一件很小的好事就不去做。說明只要是好事，實無分大小，鼓勵我們多做好事。

重點字詞：勿，副詞，不要、不可。
為，動詞，作、做。

現代版

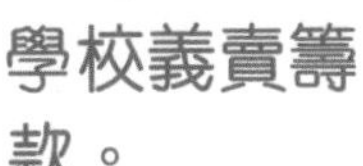

學校義賣籌款。

學校賣獎券做善事。

你又不是慈善團體！

我呢？

我們是「家庭成員零食基金」籌募經費，勿以善小而不為啊！

弟弟想買一架玩具車，哀求爸爸說：「這架玩具車才二十元，很便宜啊！」站在旁邊的姊姊連忙說：「爸爸，買給他吧，勿以善小而不為。」爸爸說不過他們，只好掏出錢包，「日行一善」。

碩鼠碩鼠，無食我黍

出處：《詩經》。原句「碩鼠碩鼠，無食我黍（音暑），三歲貫汝，莫我肯顧。」

《碩鼠》全詩有三章，作者以詩言志，憑詩寄意。詩歌內容描述田野的大老鼠貪得無厭、不知回報，毫無顧念之情。

詩人幾年來不斷付出，一味奉養大老鼠，被逼過着痛苦的生活。想到未來日子仍難以擺脫，只好訴諸盼望，希望大老鼠可「無食我黍」、「無食我麥」、「無食我苗」。如果無法改變，就盼能離開當地，前往夢想中的樂土。這是一首抒怨、諷刺的詩。

古文解釋：大老鼠啊大老鼠，不要吃我的黃米吧！已經辛辛苦苦服侍你三年了，你卻不曾看一看我。作者以貪得無厭的大老鼠比喻剝削人民的官吏。

重點字詞：碩，形容詞，大的、高大的。
黍，名詞，黃米。

現代版

你還沒給我這個月的家用......

農曆新年剛過，媽媽要求收回姊姊的利是錢，姊姊不滿地說：「這是我應得的，碩鼠碩鼠，無食我黍。」媽媽回答說：「我不知道你在說甚麼，這樣吧，上繳一半。」

吾日三省吾身

出處：《論語》。原文「吾日三省（音醒）吾身，為人謀而不忠乎？與朋友交，而不信乎？傳，不習乎？」

曾子是一個經常反省自己的人，表現出高尚人格。

一是替人做事，有沒有不盡心盡力的地方？

二是與朋友交往，是不是言而有信？

三是師長傳授我做人處事的知識，有沒有再三實踐？

他主要從三方面作出反思，對人要有誠信，於己則要自律。通過不斷自省，有過則改，人就能漸漸變好。

古文解釋：這句話出自孔子的學生曾子，意思是每天多次反省自己，表示他對自己有嚴格要求。

重點字詞：吾，代詞，我。
省，動詞，反省。

現代版

又買了衣服，我不應該再買了。

一省

買了鞋，我實在太不對了。

二省

我真的不應該再買東西了。

三省

知道，我今天已經三省了。

你不要再買東西了！

爸爸常常向我們強調，他這個人最愛反思，他說：「吾日三省吾身，有沒有做一個好爸爸？有沒有做一個好丈夫？有沒有做一個好兒子？沒有過失，就可以安然入睡！」媽媽說：「不要再說了，我們已昏昏欲睡。」

人不知而不慍，不亦君子乎？

出處：《論語》。原文「有朋自遠方來，不亦樂乎？人不知而不慍（音穩），不亦君子乎？」

學習的目的，並不為了讓人知道。學習本身既是樂趣，亦有成就感。倘能有所得，也是自己的事，自己高興。至於能不能獲得賞識，得到別人的了解，已經不重要。這句話教我們要以平常心對待事物。

有朋友自遠方來訪，內心喜悅，那是發自內心順其自然的歡喜之心。「人不知而不慍」，則代表修養的功夫。一般人懷才不遇，很容易心生怨恨，只有君子，有了堅實的修養，就不會容易受外界所影響。

古文解釋：即使無人賞識，也不會有任何怨恨，能做到這樣，不是個君子嗎？

重點字詞：知，動詞，賞識、了解。
慍，動詞，怨恨、發怒。

現代版

媽媽壞人！

我說不可以。

恐龍太髒要拿去洗好才可以抱。

媽媽壞人！

不可以這樣說媽媽啊！

人不知而不慍，不亦君子乎？我是不會介意的。

媽媽壞人！

姊姊沒獲老師選為圖書館學會主席，怒氣沖沖，爸爸勸勉她說：「可能老師有更佳的人選呢？人不知而不慍，不亦君子乎？」姊姊回答說：「為甚麼不讓我先做主席，再慢慢做一個淑女呢？」

沽之哉，我待賈者也

出處：《論語》。原文「子曰：『沽（音姑）之哉！沽之哉！我待賈（音古）者也』。」

這是一段幽默的師生對話。有一次，口才很好的子貢問孔子：「老師，假如有一塊美玉，應該藏起來呢？還是求一個高價出售呢？」孔子說：「賣啊！賣啊！我正在這裏等人出價來買呢！但好像沒人願買。」對話中，子貢將老師喻為「美玉」，只可惜這塊「美玉」有點孤芳自賞，子貢暗中揣摩老師的心意。何不把美玉拿出來，賣一個極好的價錢，豈不更佳？孔子明白子貢的心意，自視亦能為世所用，故盼能出現賢能的「伯樂」，好使自己仍能出仕做官，有所成就。

古文解釋：意思是等待高價出售。比喻等待獲得賞識，出仕做官。

重點字詞：沽，動詞，賣。
賈者，名詞，商人。

現代版

你不再穿，沽之哉？

NO！

還沒砌的模型，沽之哉？

NO！

你的手袋也很久沒有用，沽之哉？

NO！

這手袋不是「沽之」，是「沽時」牌呢！

媽媽收藏的限量手袋升值不少，爸爸不斷在她耳邊說：「沽之哉！沽之哉！」媽媽說：「說甚麼都不賣，我還想多買一個呢！」

其曲彌高，其和彌寡

出處：宋玉《答楚王問》。原文「國中屬而和者，不過數人而已。是其曲彌高，其和彌寡。」

戰國時代，楚國有位著名的文學家宋玉，他擅長寫辭賦，與屈原齊名。並稱「屈宋」。

有一次，楚襄王問宋玉：「我聽到很多對你不利的傳言，是不是因為你的言行有不莊重的地方？」

宋玉打個比方，辯說：「有一個外來的歌者，在市集唱起下里、巴人這些通俗的歌曲，唱和的人就有數千人之多；後來他改唱稍不流行的歌曲，唱和的人就只剩下數百人；當他唱到陽春、白雪這種高妙、優雅的歌曲時，懂得唱和的人就很少了。曲調越高雅，能唱和的人也就越少。那些批評我的人，又怎懂得欣賞我的為人呢？」

古文解釋：曲調越艱深，能唱和的人就越少，表示難以引起共鳴，故又稱「曲高和寡」。後亦比喻言行或作品過於高妙，真懂賞識的人不多。

重點字詞：彌，副詞，更加、越是。
和，動詞，附和、唱和。

我想畫一本關於奮發向上追尋理想的故事。

只有一人讚賞。

那不如我畫一個關於超人小朋友打敗媽媽大怪物的故事？

好呀！非常好呀！
一定很好看！
曲高和寡

造句

姊姊在班際流行曲比賽中選唱一首粵曲，結果被同學取笑，爸爸安慰她說：「其曲彌高，其和彌寡，是其他人不懂欣賞而已。」姊姊回答說：「正是。」

過則勿憚改

出處：《論語》。原文「主忠信，無友不如己者，過則勿憚（音但）改。」

君子須注重忠信，不要交一些不符自己信念的朋友（此句或指謙虛地表示，沒有朋友是不如自己的，亦可）。有了過錯就不要害怕改正，要承認過錯，勇於改過。假如結交的都是忠誠可靠的朋友，即使犯了過錯，也很容易從朋友身上發現自己錯誤，朋友甚至會及時提醒。那麼，改正過錯就容易得多，不至於會變成大過錯。

古文解釋：犯了過錯，不要怕改正。意思是人生過錯難免，最重要是勇於承認和不怕改過。

重點字詞：過，動詞，犯過失。
憚，動詞，害怕。

現代版

做錯就要改過，**過則勿憚改**。

過則勿憚改！

過則勿憚改！

你的烹飪真的要好好改進一下，**過則勿憚改**！

改！

弟弟常常在老師上課時高聲談話，已經是第三次見家長了。回家後，爸爸訓誡他說：「過則勿憚改，做人最重要是勇於改過。」弟弟似懂非懂，害怕得跑進自己房間。

萬鍾於我何加焉？

出處：《孟子》。原文「萬鍾則不辯禮義而受之。萬鍾於我何加焉？為宮室之美、妻妾之奉、所識窮乏者得我與？」

這是人生價值取捨的問題。高官厚祿，人人都想要，但若不分辨是否合乎禮義就接受了它，則更多的俸祿對我又有甚麼增益、好處呢？難道是為了住宅的華麗？為了妻妾的侍奉？為了認識的窮人感激我？

如果這樣就接受了厚祿，那就是失去本心了。面對優厚的物質待遇，我們應當思考本心，不能見利忘義。

古文解釋：俸祿再多，對於我來說，又有甚麼增益呢！

重點字詞：萬鍾，指俸祿很多。
加，名詞，增益。
焉，語氣詞，表示感嘆，即「呢」。

現代版

爸爸被另一間公司高薪挖角，媽媽鼓勵他接受挑戰，怎料爸爸說：「萬鍾於我何加焉？我現在最重視的是家人，我不想沒時間陪你們！」聽到爸爸這樣說，我們都很感動。

三年耕，必有一年之食

出處：《禮記》。原文「三年耕必有一年之食，九年耕必有三年之食。」

此句強調平日儲蓄的重要。努力耕耘，必有收穫；但收穫之後，還要懂得儲蓄。遇到好日子，收穫豐富，但誰能保證明天必然像今天的好？尤其是自然災害，防不勝防，若能在其突襲前做好準備，以備不時之需，就可令自己及家人安心得多。

古文解釋：耕種三年，必須要儲起一年的糧食。表示要儲糧防災。另可作「耕三餘一」或「耕九餘三」。

重點字詞：耕，動詞，耕種。
食，名詞，糧食。

現代版

爸爸提醒我們要積穀防饑，他說：「三年耕，必有一年之食，這樣人就安心了。」怎料旁邊的媽媽說：「我都想安心，請你提早發放未來三年的家用吧！」

朽木不可雕也

出處：《論語》。原文「朽木不可雕也，糞土之牆不可杇（音烏）也。」

宰予是孔門著名的弟子，能言善辯。最初，孔子對他很有好感，認為他必有一番成就。過了一段日子，宰予卻一次又一次犯了懶惰的毛病。有一天，孔子講課，發現宰予沒來，便派人去找。「老師，宰予正在房裏睡覺。」孔子聽了，甚是生氣，便說：「腐爛的木頭已經不能再雕刻，糞土一樣的牆壁也不能再刷飾。起初，我聽到別人的話，就相信他的行為會與他說的話一樣；現在，我聽別人的話後，一定要觀察他的行為，看看是否言行一致。我的態度有所改變，是從宰予開始的！」

古文解釋：罵那人像腐爛的木材，已經無法再雕飾了。

重點字詞：朽，形容詞，腐爛。
也，語氣助詞，如置於句末，相當於「啊」、「呀」。杇，動詞，刷飾。

現代版

你常常待到最後才趕工。
現在有時間便去工作吧。
讓我多休息一會。

已休息完了，快去工作吧。
看完劇集便會去做了。

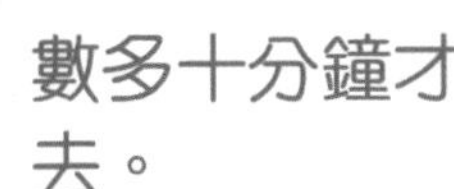

看完劇集了！快去呀！
數多十分鐘才去。
你這麼懶，真是朽木不可雕！

造句

蒲華想跟馬仔學繪畫，小輝揶揄他說：「朽木不可雕也！你還是回去寫古文吧，何必浪費馬仔的時間呢？」蒲華辯說：「我不是朽木，我是一塊未經琢磨的寶玉，一經努力，怕把你嚇着呢！」

道雖邇，不行不至

出處：《荀子》。原文「道雖邇（音耳），不行不至；事雖小，不為不成。」

中學同學都讀過彭端淑的《為學一首示子姪》，主旨是說「天下事有難易乎？為之，則難者亦易矣；不為，則易者亦難矣。人之為學有難易乎？學之，則難者亦易矣；不學，則易者亦難矣。」帶出事在人為的道理，千里之行，始於足下，與上述的話，是同一道理。再小的事情，若沒有實際的行動，也不會成功。此句告誡我們，不要止於紙上談兵，否則一事無成。

古文解釋：路程雖然很近，但若不走，也到不了目的地。比喻做事貴在實踐，必須坐言起行。

重點字詞：邇，形容詞，近、不遠。
至，動詞，到達。

現代版

快點做練習。

正所謂道雖邇，不行不至，要多練習才有進步。

把薯片給我。

道雖邇，不行不至，薯片也是。

姊姊明天要背默《為學一首示子姪》，媽媽催她好好溫習，姊姊懶洋洋地說：「不用擔心，只是背默第一段。」爸爸在旁教訓她說：「道雖邇，不行不至。你若不溫習，只默一句，你還是不懂的。回房間好好溫習吧！」

臨淵羨魚，不如退而結網

出處：《漢書》。原文「臨淵羨魚，不如退而結網。今臨政而願治七十餘歲矣，不如退而更化。」

漢朝，一如其他朝代，渴望國家可以大治，可惜不容易達到目標。名臣董仲舒輔助漢室，在與漢武帝應答的《賢良對策》中，董仲舒認為政治不好的原因是人民沒有得到妥善的教化。渴望國家大治，不能空想，就必須有實際行動。從教化入手，並在觀念上作出應有的改革。

古文解釋：站在河邊想得到魚，與其空想，不如回家先做一個可以捕魚的網。比喻空有願望而不想想實踐的方法，將對願望毫無幫助。這句話勉勵我們做事要腳踏實地。

重點字詞：臨，動詞，來到。
淵，名詞，深潭。
羨，動詞，渴望得到。

現代版

可以像她們那麼瘦便好了……

臨淵羨魚，不如退而結網。多跟我出去做運動吧！

？

不用，我退而上網好了，上網看別人運動，當做了便算。

還沒有開始寫，小明就問怎樣才可以像蒲葦與馬仔一樣出書，蒲葦說：「臨淵羨魚，不如退而結網，你還是先動筆寫幾篇吧！」

適千里者，三月聚糧

出處：莊子《逍遙遊》。原文「適百里者，宿舂（音中）糧；適千里者，三月聚糧。」

所到的地方越遠，須為行程預先積聚的糧食就越多。要準備多少糧食，就要視乎自己想走得多遠。莊子以去郊外為例，由於路程短，只須準備三餐，當晚回到家，肚子仍飽飽的。目的地若在百里以外，須準備能過一天的糧食。目的地在千里以外的，就得準備三個月的糧食了。聚糧待風，比喻早作準備，機會（風）一到，自然水到渠成。

古文解釋：要到百里以外的地方，宜準備一天的糧食；要到千里以外的地方，就得準備三個月的糧食。比喻做任何事，亦要作出不同的準備。

重點字詞：適，動詞，前往。
聚，動詞，累積。

我們暑假去日本吧！

好啊！

現在要節儉一點，儲錢去旅行。

這件衣服不合身了。

再穿多一陣子，省下的錢去日本用。

到了暑假終於出發旅行……

我已經儲了好幾個月錢，終於可以去shopping了！

又買？

姊姊參加了暑假的英國遊學團，要去一個月。爸爸對媽媽苦着臉說：「適千里者，三月聚糧。她去英國一個月，我全年的積蓄都沒有了！」怎料媽媽隨即說：「以後你把糧給我，我幫你積聚。」

此誠危急存亡之秋也

出處：諸葛亮《出師表》。原文「先帝創業未半而中道崩殂，今天下三分，益州疲弊，此誠危急存亡之秋也。」

這句話表現出諸葛亮憂國憂民的情懷。三國時代，劉備三顧草廬，邀得諸葛亮出山相助，奠定魏蜀吳三分天下的局面。蜀國建立兩年後，劉備不幸病逝，年僅十六歲的後主劉禪繼位。諸葛亮既受劉備遺詔所託，亦感激劉備知遇之恩，不分晝夜主持軍政大事。公元 227 年，諸葛亮準備北伐曹魏，於是上表向劉禪動議出師，並向後主分析當前形勢，說蜀國形勢危急，已是生死存亡的關頭，必須以攻為守。《出師表》情理兼備，感人至深。

古文解釋：形容情況極為危急，已到了生死存亡的關頭。

重點字詞：誠，副詞，的確、實在是。
秋，名詞，借指某一時期。

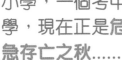

弟弟獲得心儀學校的第二次面試機會，媽媽決定這兩星期加強訓練。爸爸鼓勵弟弟說：「此誠危急存亡之秋也！你要好好努力，我愛莫能助。」聽得弟弟一臉惘然。

驀然回首

出處： 辛棄疾《青玉案》。原詞「眾裏尋他千百度，驀（音默）然回首，那人卻在燈火闌珊處。」

辛棄疾這一首著名的詞題為「元夕」，寫一個熱鬧繁華的元宵夜（正月十五），市面車水馬龍，衣香鬢影。在這背景襯托下，沒料到會遇上心儀的對象——一位甘於平淡、不隨流俗、幽靜自處的女子，還要對他微微一笑。才見了一面，這女子又瞬即消失於人海。詞人百般尋覓，以為不再有重遇的希望了。忽然，眼前一亮，在一角燈火微弱的地方，又得以發現那一個超凡脫俗的她，真是皇天不負有心人！另有說這個「她」象徵詞人追求理想的化身，亦無不可。

古文解釋： 忽然回頭，常用以借指回憶。

重點字詞： 驀然，副詞，忽然。
首，名詞，頭。

想當年......

那些年，等我簽名的人大排長龍......

驀然回首，現在只有等我煮飯的人 ......
有飯吃沒有？

造句

姊姊問爸爸中學時有否得過甚麼獎項，爸爸想了良久，說：「驀然回首，我確實得過一個獎項，那是清潔課室服務獎。」媽媽聽到這句，亦笑出聲來。

桃李不言，下自成蹊

出處：司馬遷《史記》。原文「諺曰：『桃李不言，下自成蹊（音兮）。』此言雖小，可以諭大也。」

此句來自史記對漢代大將李廣的讚美。李廣智勇雙全，長期對陣匈奴，為漢朝立下大功。李廣為人謙厚，從不居功自傲，多把朝廷的賞賜分給部下；行軍遇到困難時，他就身先士卒，部下都很願意為他奮力向前。當他死後，認識與不認識他的人，都很悲痛。正如桃樹、李樹不用自誇美麗，但因其實在有吸引人的條件，人們便紛紛去觀賞，自自然然便在樹下踏出一條路來。俗語說「有麝自然香」，與此詞義近。

古文解釋：比喻一個人倘具備真才實學、德行，自然能夠感召人，得到眾人的敬仰。亦作「桃李不言，下自成行」。

重點字詞：言，動詞，說。
蹊，名詞，小路。

現代版

你宣傳了你的新書簽名會沒有？

沒有。

呀……

桃李不言，下自成蹊，不用宣傳都會有人來啦！

結果……

簽名會

早就叫你要多宣傳。

別人發問，爸爸總讓媽媽去答，他解釋說：「桃李不言，下自成蹊，那些小問題就不必由我去回應了。」旁邊的媽媽白了他一眼，說：「今次輪到我無言了。」

往者不可諫

出處：《論語》。原文「往者不可諫（音澗），來者猶可追。」

傳說先秦時期，楚國有個非常清高的狂人，叫做接輿。有一天，他唱着歌從孔子的馬車旁經過，歌詞是：「鳳啊！鳳啊！你為甚麼要生活在這樣的時代？過去的事情已經不可挽回，就不要理會了，未來的事卻還來得及。算了吧！算了吧！」

意謂孔子生不逢時。孔子想和他談談，他卻趕快避開，消失在人海了。

古文解釋：過去的事情已經不可挽回，但未來的卻還來得及。此句鼓勵人忘記過去，或總結過去的經驗，把握將來，專注未來的事。

重點字詞：往，名詞，過去。
諫，動詞，挽回、糾正。

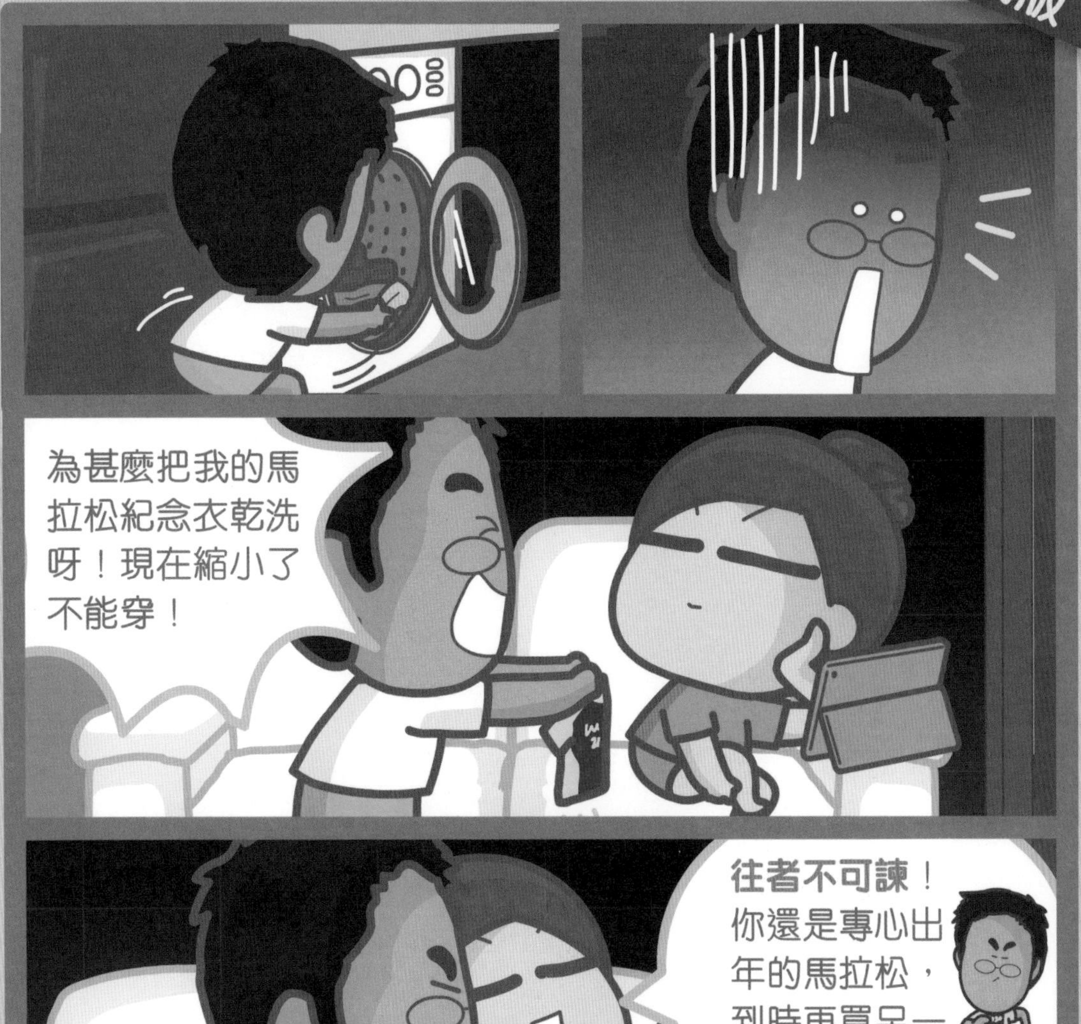

為甚麼把我的馬拉松紀念衣乾洗呀！現在縮小了不能穿！

往者不可諫！你還是專心出年的馬拉松，到時再買另一件吧！

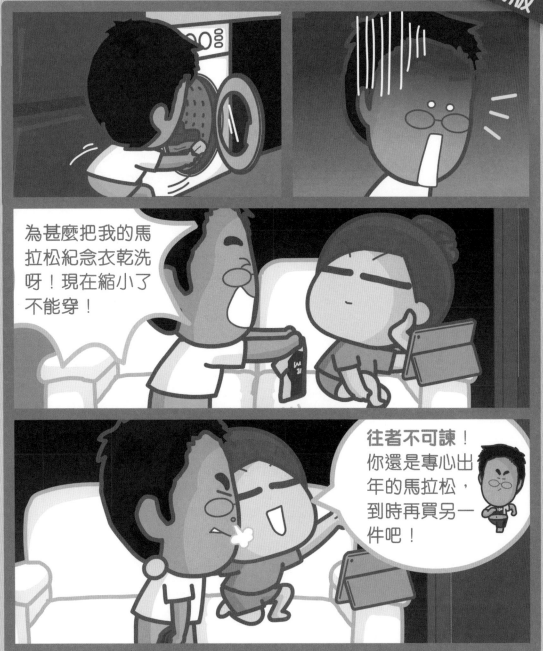

蒲葦人到中年，才「一本正經」和馬仔合作寫教材，他說：「往者不可諫，來者猶可追。希望將來可與馬仔多出版幾本教材，與更多人分享中文的樂趣。」

盛名之下，其實難副

出處：《後漢書》。原文「陽春之曲，和者必寡；盛名之下，其實難副（音富）。」

東漢時期，出身官宦世家的黃瓊才華出眾，頗具名望。但他不願當官，一心只想過平淡日子。有一年，眾多公卿舉薦黃瓊，朝廷亦下令徵聘他，黃瓊仍猶豫不決，好友李固於是寫信給他，力勸他出來做官，信中說：「要為民效力，此刻正是好時機。像《陽春白雪》那樣高深的曲調，很少人能唱和；名聲很大的人，與其實學亦未必相符合。像你那樣具有真才實學的人，理應出來做點事。」黃瓊聽了建議，立即應聘做官，成為名實相副的榜樣。

古文解釋：名聲大的人，探其實際才能，很難與他享有的聲望相符合。現多用以告誡人們要有自知之明，不要因為別人的讚美就自以為是。

重點字詞：盛，形容詞，大、顯赫。
副，動詞，符合。

多謝支持！

你畫畫這麼了得，一定懂得畫一隻野生大象給我吧！

畫好了～

一位盛名之下，其實難副的作者……

快給我找大象的圖片讓我照着畫！

姊姊最近獲選入學校合唱團，自此便常說要做歌星，爸爸勉勵她說：「盛名之下，其實難副。做歌星當然好，但最重要是加以努力，練好基本功，祝你可以實踐夢想，做一個名實相副的歌唱家。」

尺有所短，寸有所長

出處：《楚辭》。原文「尺有所短，寸有所長，物有所不足，智有所不明。」

屈原一生盡忠楚國，全心欲報效楚懷王，怎料楚王卻被讒言蒙蔽，不但疏遠屈原，還要他流放在外，三年不得回國。屈原心煩意亂，不知何去何從，便去找詹尹求問吉凶，屈原說：「我要做個誠懇忠實的人？還是要做個精於世故的媚俗者呢？」詹尹說：「尺雖長也有其所短，寸雖短卻也有它的所長；再多的物質也會有感覺不足的時候，再聰明的智者也會有不明白的時候……不若按你的心思，按照自己的心意去做吧！」

古文解釋：尺雖比寸長，但和比尺更長的東西一比，就顯得短了；寸雖比尺短，但和比寸更短的東西一比，就顯得長了。比喻人或事物皆非十全十美，而是各有不同的長處和短處，亦各有可取之處。

重點字詞：短，形容詞，不足。
長，形容詞，有餘。

現代版

平板電腦帶來了方便……

可以用作視像教學……

可以用來聽音樂或故事……

但是尺有所短，寸有所長……

我要先看完這部劇集……

快點煮飯啊！

很肚餓啊！

媽媽很想知道弟弟同學們的學習動態，別人報讀的課程，她幾乎想一併報讀，爸爸勸她說：「尺有所短，寸有所長，還是了解一下弟弟的長處和短處吧，不一定要事事與人比較的。」

學如不及，猶恐失之

出處：《論語》。原文「子曰：『學如不及，猶恐失之。』」

這句話出自孔子，旨在探討學習的態度。孔子認為學習不能滿足於所學，除了溫故知新，還要常常警惕自己，學習怎樣才能與時並進？另一方面，戰戰兢兢，生怕忘記已有的知識，「猶恐失之」，所以要不忘「溫故」。新故相輔相成，知識才能歷久彌新。從心態言，學習就像賽跑，始終害怕趕不上；到趕得上，又怕被超越。對知識的渴求就像賽跑的鬥心。

古文解釋：做學問就像總是趕不上目標，甚至還害怕忘掉已經學到的知識。

重點字詞：不及，趕不上、來不及。
猶，副詞，還。
恐，動詞，害怕

現代版

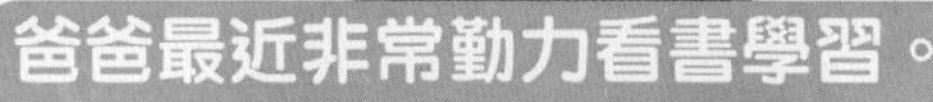

爸爸最近非常勤力看書學習。

完全是廢寢忘餐的境界……

絕對是學如不及，猶恐失之的程度。
一定要好好記住這個。

快要過關了！
難怪這麼用心了。
原來是為了打遊戲機過關而讀的攻略書。

姊姊中文作文拿了七十分，她高興得大叫：「我比合格還多十分呢！」爸爸看不過眼，說：「學如不及，猶恐失之。七十分便如此自滿，不是求學的應有態度。」姊姊回說：「我不會學如不及格的，爸爸放心吧！」

所信者目也，而目猶不可信

出處：《呂氏春秋》。原文「所信者目也，而目猶不可信；所恃者心也，而心猶不足恃。弟子記之，知人固不易矣。」

《呂氏春秋》記孔子與弟子遇「陳蔡之厄」，師生處於險境，已經多日沒嘗過米飯的滋味了。有一天，大家都因疲倦不堪而躺着休息，孔子的弟子顏回負責煮食，他千方百計弄來了一些米。飯看來快要熟的時候，孔子恰好路過，他遠遠看見顏回用手抓起鍋中的飯吃，心中起了疑心。孔子假裝沒看見，當顏回去請孔子用餐時，孔子說：「我夢到祖先了，就拿這些清潔的食物祭祀他們吧！」顏回連忙說：「不行！剛才有灰塵掉到鍋子，掉了米飯總不太好，所以我抽出來自己吃掉了。」孔子感嘆說：「眼見不一定為實，內心亦往往會欺騙自己。同學們要記住，要充份了解一個人是很不容易的。」以後大家就更敬重顏回了。

古文解釋：眼見的看似就是實情，但實際上未必可信。此句是對「眼見為實」提出質疑。

重點字詞：目，名詞，眼睛。
而，連接詞，表示轉折關係。

嘩！好漂亮啊！

現在的科技真是所信者目也，而目猶不可信。
我已幫你用軟件把面容修漂亮了！

蒲葦對馬仔說：「我們的書上了全年暢銷榜首位。」馬仔冷靜地回應：「你把單張倒轉看了！」蒲葦感嘆說：「唉！所信者目也，而目猶不可信，下次還是要先弄清楚才發言。」

彼竭我盈，故克之

出處：《左傳．曹劌論戰》。原文「夫戰，勇氣也。一鼓作氣，再而衰，三而竭。彼竭我盈，故克之。」

春秋時代，齊國出兵攻打魯國，欲以強凌弱。魯莊公率兵迎戰，兩軍相遇，初時齊軍戰意旺盛，戰鼓如雷，魯軍的軍師曹劌（音貴）決定先避齊軍鋒芒，暫且按兵不動。到了齊軍第三次擊鼓的時候，士氣已漸低落，魯軍把握這個時機，才作第一次擊鼓，士氣剛好在最高峰，敵疲我打，結果魯軍以弱勝強，曹劌因也為這場戰役立下了大功。後來曹劌解釋所用的策略，他說：「戰爭，最靠士氣。齊軍第一次擊鼓，振作了士兵的勇氣；第二次擊鼓時，士氣已減弱；到第三次擊鼓，士氣已經枯竭了。敵方的士氣已經枯竭，而我方的士氣旺盛，所以戰勝了他們。」

古文解釋：戰爭靠的是士氣和勇氣，對方的士氣已衰竭，我方的士氣正旺盛，因此可以戰勝對方。

重點字詞：竭，動詞，枯竭、衰落。
盈，動詞，充盈、旺盛。
克，動詞，戰勝。

英超聯賽，爸爸喜歡的球隊在下半場連入四球，他分析道：「球隊上半場刻意消耗對手體力，等到下半場，對方有球員紅牌出場時，才加緊進攻。彼竭我盈，故克之。這場球賽最適宜由我評述。」

非我而當者，吾師也

出處：《荀子》。原文「非我而當（音檔）者，吾師也；是我而當者，吾友也。」

《荀子》有三句話用以辨別忠奸，荀子好言勸導我們，告誡我們，待人接物不應以表面的喜好作標準，最重要是真正分清誰才是真正對我們好、想我們好的人。奉承的話表面很甘甜，實情是否如此？反之，別人的批評很不中聽，但卻可令我們好好思考，或能因此避免闖禍。

讚揚我而讚揚得恰當的人，是我的朋友；

批評我而批評得恰當的人，是我的老師；

至於阿諛奉承我的人，就是害我的敵人。

古文解釋：責備、批評得我正確的，是我的老師；讚揚我讚揚得對的，是我的朋友。此句教導我們要有胸襟接受別人的批評，同時要分清君子與小人。

重點字詞：非，動詞，責備、批評。
當，形容詞，恰當。
吾，代詞，我。

現代版

媽媽常常批評爸爸太迂腐，怎料爸爸一點都不介意，竟然說：「非我而當者，吾師也。媽媽的批評很恰當，她還是我的良師益友呢！」媽媽說：「爸爸的話令我很感動，我決定以後減少批評他。」

玉不琢，不成器

出處：《禮記》。原文「玉不琢，不成器；人不學，不知道。」

玉石不經過琢磨，只是一塊石頭，不能顯現其特質，遑論成為有用的器物？同理，人如果不通過學習，就不會明白道理。因此，古代的明君治理國家，都把教育當作最重要的事情。更深一層的比喻是，玉做的東西，其特質不會改變。但人的本性，則更容易受到外界事物的影響，產生變化。人們如果不好好學習，就很容易失去讀書人的高尚品格，變成品行惡劣的人。總言之，良好的教育，對一個人的成長，極其重要。

古文解釋：玉石如果不經過琢磨，成不了器物。比喻人如果不通過學習或經歷磨難，一樣難以成才。

重點字詞：琢，動詞，琢磨。
器，名詞，器物、用具。

現代版

繼續不要停。

正所謂**玉不琢，不成器**，沒有艱苦訓練又怎會成才？

不用這麼嚴格吧。

我只知肉不剁就吃不到啊！

噢，要跟她練笛沒有時間好好的切，照吃吧！

中六同學快畢業了，他們邀請蒲葦老師贈言，蒲葦老師說：「玉不琢，不成器，為使各位同學成才，我不斷以功課磨煉各位，希望同學明白我的苦心。」

天將降大任於斯人也

出處：《孟子》。原文「天將降大任於斯人也，必先苦其心志，勞其筋骨，餓其體膚，空乏其身，行拂亂其所為，所以動心忍性，增益其所不能。」

要成就大事業，豈能立即成功？成大事者，總先經過一番磨煉，又餓又苦又累，事事皆不如意，沒鬥志的人早早就想放棄。但真正的強者卻借苦難砥礪身心，藉以堅定心志，增加才能，最後突破界限，取得成功。先苦後甜，大概就是這個意思。反之，若在溫室中長大，日後遇到挫折，就未必承受得起了。

古文解釋：這句話說明磨煉的重要。上天將要把重大的使命交給這個人，一定要使他的意志得到磨煉，筋骨勞累，飽受飢餓，以致身體消瘦，甚至令他所做的事顛倒錯亂，總是不如意。比喻有重大使命或抱負的人，總要先經受磨難。

重點字詞：任，名詞，任務、使命。
斯，代詞，這個、此。

媽媽說那時要生弟弟，在產房痛得要命，爸爸竟然還用古文鼓勵她：「天將降大任於斯人也！你要加油完成媽媽的使命。」媽媽記得自己這樣回應：「不如由你擔當這個大任吧！」爸爸聽到這裏，笑說：「非不為也，實不能也。」

祭而豐，不如養之薄也

出處：歐陽修《瀧（音商）岡阡（音千）表》。原文「歲時祭祀，則必涕泣，曰：『祭而豐，不如養之薄也』。」

《瀧岡阡表》獲譽為中國古代三大祭文之一。歐陽修在文章中追念父親，對他的德行大加讚美。歐陽修的父親非常孝順，常常在祭祖時提醒自己及家人：「人死之後，多豐盛的祭品也無法享用，倒不如在老人家仍活着的時候，以微薄的條件好好奉養。」到偶然吃到些好菜，他也會流淚說：「從前母親在的時候，常常不夠吃，如今富足有餘，卻無法讓她品嚐了！」由此可見歐陽修的父親很孝順父母。

相反，現代人或以種種借口逃避生活上對老人家的孝敬，到他們百年歸老，才回首恨遲。

古文解釋：祭祀時的祭品不管如何豐盛，也不及生前微薄的奉養。這句話說明盡孝要及時。

重點字詞：豐，形容詞，豐富。
養，動詞，奉養、照顧。
薄，形容詞，微薄。

你為甚麼有漢堡包吃呢？
是爸爸買給我的下午茶。

給我吃吧！**祭而豐不如養之薄也**！趁媽媽還沒餓死時就請我吃吧！
不要！

歐陽修《瀧岡阡表》是文學科的課文，蒲葦老師在教到「祭而豐，不如養之薄也」的時候，總是深受感動，眼有淚光，用心良苦地告誡同學說：「愛需要及時，可不要像那首歌所說的愛得太遲。」

老驥伏櫪，志在千里

出處：曹操《步出夏門行》。原詩「老驥伏櫪（音靂），志在千里。烈士暮年，壯心不已。」

這首詩是曹操晚年寫成的，筆力雄健，可見其壯心未老。東漢末年，曹操先後消滅董卓、呂布、袁術、袁紹、劉表等勢力，建立北方領地。其後袁紹的兒子投向烏桓，五十三歲的曹操親領大軍平定烏桓，他不但不言老，還作了此詩，借年老的良馬仍懷奔跑千里的壯志，暗喻自己仍有建功立業的決心和能力。

此句說明一個人的精神狀態特別重要，若能樂觀奮發，自強不息，保持思想上的青春，自能突破年紀的限制。

古文解釋：千里馬雖然老了，但牠伏在馬棚裏，仍懷強烈鬥心，想跑千里路。比喻人雖然年紀大了，卻仍懷雄心壯志，想要建立一番功業。這句話非常勵志。

重點字詞：驥，名詞，良馬、千里馬。
櫪，名詞，馬槽。

現代版

她在做甚麼？

我今天要表演洗假牙！

她說要做youtuber......

真是老驥伏櫪，志在千里！

爺爺七十歲了，但他堅持不退休，更常勉勵我們說：「老驥伏櫪，志在千里。我還要完成公開大學的學位，發展我的新事業呢！」爸爸輕聲回應：「那我不敢說退休了。」

以色事人者，色衰而愛弛

出處：《漢書》。原文「以色事人者，色衰而愛弛，愛弛則恩絕。」

漢武帝非常寵愛樂師李延年的妹妹李夫人。有一次，李夫人病重，漢武帝前去探望，但李夫人只管用被子蒙着頭，不讓皇帝看見真面目。李夫人說：「臣妾容貌未修飾，不敢面對君王，但願君王看在臣妾的面上，善待我的兒子和兄弟。」李夫人怎樣也不讓漢武帝一見，漢武帝只好無奈地離開。眾人都認為李夫人不應如此倔強，她解釋說：「你們有所不知了，我當初是因美貌才蒙受寵幸，如今美色衰退，若君王發現我的容貌大不如昔，一定會對我恩斷義絕，那還會記得當初的恩情呢？」不久，李夫人病重不治，武帝自是十分悲傷。李夫人無謂的擔憂會不會加重了病情？這就不得而知了。

古文解釋： 依靠美色侍奉人的人，一旦美色衰退，所得到的寵愛就會減退。此句告誡我們，外表的美麗，既不長久，也不可靠，更不足恃。

重點字詞： 色，名詞，姿色、美貌。
弛，動詞，廢除、減退。

現代版

嬰孩時期俊朗的弟弟……

你真是又英俊又可愛啊！媽媽最疼愛你啊！

熱情

青春期不修邊幅的弟弟……

以色事人者，色衰而愛弛。

冷漠

自己去雪櫃找食物吃吧。

很肚餓……

姊姊很迷戀英俊的韓星，爸爸好言相勸：「不要只看外表，須知以色事人者，色衰而愛弛。」旁邊的媽媽突然補充說：「幸好我才貌雙全，你爸爸才一直迷戀我。」姊姊不知如何回應，只好走入自己的房間。

書　　名　一本正經學古文
作　　者　馬仔　蒲葦
責任編輯　郭坤輝
美術編輯　郭志民
出　　版　小天地出版社（天地圖書附屬公司）
香港黃竹坑道46號新興工業大廈11樓（總寫字樓）
電話：2528 3671　　傳真：2865 2609
香港灣仔莊士敦道30號地庫（門市部）
電話：2865 0708　　傳真：2861 1541
印　　刷　亨泰印刷有限公司
柴灣利眾街德景工業大廈10字樓
電話：2896 3687　　傳真：2558 1902
發　　行　香港聯合書刊物流有限公司
香港新界荃灣德士古道220-248號荃灣工業中心16樓
電話：2150 2100　　傳真：2407 3062
出版日期　2020年12月初版・香港

ISBN：978-988-75228-4-3